La carta

Ant y Sally leyeron la carta con cierta inquietud. No había forma de evitar aquello. Iban a permanecer en la Villa Doce Campanas. Era una lástima que no pudieran recordar más acerca de la casa o de su primo Max. Pero, por todo lo que habían oído se inclinaban a pensar que iba a ser un extraño fin de semana.

"Nunca se sabe, podría ser divertido," dijo Ant sin convicción.

Ant

Sally

Manley, yo y mi querido Max

POSY
12 de Nov.

¡Afuera de la villa familiar!

Villa Doce Campanas
Camino Bosque Sombrío
Medianoche, en el mar.

7 de noviembre

Queridos Sally y Antonio

  ¿No es éste un horrible tiempo del año? Su tío Manley y yo debemos escapar a Mythika para disfrutar una semana de sol. Estamos ilusionados con que ustedes puedan visitar a nuestro precioso hijo Max durante nuestra ausencia. Él necesita compañía de su misma edad. ¡Qué pequeños eran Uds. cuando los vimos la última vez! ¿Recuerdan cuando Max cortó su cuerda de saltar y se las dio para comer diciendo que eran fideos? ¡Qué espíritu humorístico!

  Encontrarán la casa llena de invitados. La gente nos visita, pero por alguna razón nunca se va. Parece que hemos tenido, a través de los años algunos desafortunados accidentes. Y extrañamente, ¡todos a medianoche! El querido Manley nunca fue el mismo después del accidente con el rallador de queso, hace justo siete años esta semana. Y -entre nosotros- los demás no están mucho mejor. Está el profesor que, recién llegado, hace ya algunos años, y sin un centavo, perdió su oído casi completamente.

  Nuestras fortunas parecen derrumbarse en los dos últimos tiempos. Temo que la casa luzca un poco descuidada. (La señora Barre ha sido un tesoro desde que llegó en junio, aunque quisiéramos que pusiera un poco más de entusiasmo al limpiar.) ¡Es una pena que no haya nadie que se haga cargo del Título y restaure la propiedad! Hace casi 50 años que Melrose falleció. ¿Y Magnus, donde está? Es tan penoso que Magnolia se lo llevara cuando él era tan pequeño. Corren rumores que lo han visto en el Hipódromo Montura Doliente hace tres años dilapidando su fortuna.

Bueno queridos, los esperamos el once. Con amor
                    tía Cristal

P.D. Encontré unas pocas fotos para Uds. La de mi hermana Posy que fue tomada el día de su trágica caída. La pareja feliz son tu tía abuela Mirta y tu tío abuelo Harry.

El viaje

A lo largo de la plataforma los últimos viajeros estaban cerrando, golpeando las puertas detrás de ellos. Ant y Sally, jadeantes, saltaron al tren. El guarda sopló el pito y el tren se alejó de la estación despaciosamente.

Sally recorrió, con dificultad, el vagón en busca de un asiento vacío junto a la ventanilla. Ant la seguía enrojecido y resoplando por el peso de sus equipajes. Sally se instaló cómodamente en el asiento que miraba hacia adelante mientras Ant se desplomaba en el de enfrente.

Sally comenzó a sentirse más esperanzada, ya que estaban en camino. Permanecer en una importante y vieja casa podía tener sus compensaciones, y después de todo el primo Max ya habría crecido bastante. También Ant comenzó a barajar posibilidades. Mientras tanto, Ranura, el gato, dormía plácido, soñando sólo con un buen fuego y con el olor del pescado fresco.

El tren comenzó a tomar velocidad. Les esperaba un largo viaje. Ant y Sally se reclinaron y observaron a través de la ventana, ambos perdidos en sus pensamientos. ¿Qué les deparía la siguiente semana?

FANTASMAS
DE
MEDIANOCHE

Emma Fischel
Ilustrado por
Adrienne Kern
Traducido por Martha B. Larese Roja
Supervisado por Beatriz Borovich

Editorial **LUMEN**
Viamonte 1674 (1055)
☎ 373-7446 / 375-0452 / 814-4310 / FAX (54-1) 375-0453
Buenos Aires • República Argentina

Contenido

Lector: permanece alerta

Ésta es una espeluznante historia de fantasmas. Pero hay más de lo que salta a la vista. El misterio se irá descubriendo mientras la historia se desarrolla, pero si mantienes los ojos abiertos, quizás puedas resolverlo solo.

La información vital puede aparecer en cualquier lugar. En casi todas las páginas dobles hay cosas que pueden ayudarte. Los dibujos son importantes, así que obsérvalos cuidadosamente, y asegúrate de leer los viejos documentos con concentración. Pero no te engañes. Puede haber pistas falsas.

En la página 48 encontrarás algunas indicaciones sobre lo que debes buscar. Puedes mirarla mientras lees el libro o al terminar, para comprobar si no notaste algo.

Rrnrnr...

Fuiii...

ZZZ...

Después de media hora Sally sacó algunos casetes. Muy pronto comenzó a tararear acompañando a Peter Out y los Fadeaways. Ella escuchó dos veces toda su colección y luego encendió la radio. Aprendió algunas instrucciones útiles, antes de apagarla, sobre cómo podar cercos ornamentales.

Ant mientras comía emparedados, que adquiría en el coche comedor, dejaba pasar el tiempo. Luego, practicó un nuevo truco con cartas. Después contó los postes de los alambrados que veía por la ventana. Al llegar al nº 142, abandonó.

El viaje se volvió más y más aburrido. Sólo Ranura roncaba contento como si lo disfrutara. Estación tras estación pasaban ante sus ojos. Las chimeneas cubiertas de hollín dieron paso a bosques oscuros y espesos, y, luego, a tenebrosos páramos. El tren seguía corriendo, adentrándose cada vez más en el campo.

Con un movimiento brusco y repentino el tren se paró, mientras los frenos chirriaban sobre las vías. Ant y Sally se despertaron sobresaltados. El vagón estaba vacío. Ellos eran los únicos pasajeros que quedaban en el tren. Comenzaron a temblar por el aire helado. Parecía que hacía mucho más frío. Afuera, el nombre de la estación se vislumbraba en medio de la niebla. Era el final de la línea férrea.

MEDIANOCHE en el MAR

Vacilaron sobre la oscura plataforma. El lugar estaba desierto. Ni un guardia, ni un teléfono, sólo una luz vacilante a la salida. Miraron a su alrededor intranquilos y esperaron... y esperaron.

Un golpe del destino

L a niebla giraba a su alrededor en escalofriantes remolinos, mientras el aire helado de la noche los acuchillaba a través de sus ropas. Hacia cualquier lugar que miraran el camino desaparecía, en una negrura de tinta.

De repente una forma emergió desde las sombras distantes. "¡Iuju!" - llamó Sally pero su voz se perdió entre el ruido de las ramas de los árboles sopladas y azotadas por una repentina y furiosa brisa.

¿Era su imaginación o ese extraño, entre las tinieblas, parecía indicarles que lo siguieran?

Sombras siniestras aparecían y vacilaban a lo largo de la senda, mientras Sally y Ant perseguían a la figura encapotada. La luz de la Luna iluminaba apenas, a través de los espacios, entre las nubes vaporosas. Las ramas de los árboles se clavaban en el cielo como dedos huesudos, mientras a su alrededor podían oír los débiles crujidos provenientes del suelo. Algo pasó sobre sus cabezas: una lechuza escarbando la tierra en busca de alguna presa nocturna. Sus ojos amarillos brillaban con anticipación.

Ant y Sally gritaron, mientras corrían, pero la sombra que huía no se paraba ni hablaba. Dieron vuelta en una esquina, tratando de recobrar el aliento y se detuvieron. "Se ha ido" - dijo Sally con gran asombro -. ¡Desvanecido!

Ant no contestó. Él había divisado una antigua y gastada señal entre un montón de yuyos. Agachándose limpió con su manga la sucia superficie. "Mira", dijo observando la pintura descascarada y vieja, "Camino del Bosque Sombrío."

Sally respiró con alivio. Por algún extraño golpe del destino el hombre encapotado los había dejado exactamente donde ellos querían estar.

Se esforzaron por atravesar el sendero cubierto de malezas y sin luz. Al final llegaron hasta una imponente entrada con pilares. Después, aparecía un largo y curvo camino. "Ésta es" dijo Sally, "¡La Villa Doce Campanas!"

Atemorizados, observaron. Elevándose sobre ellos, estirándose en el cielo iluminado por la Luna, estaba la oscura e impresionante silueta de una casa enorme. Vieja y abandonada; sólo la ocasional y vacilante luz en una ventana indicaba que alguien vivía allí...

7

El final del viaje

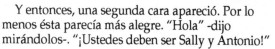

Sally levantó el pesado llamador de bronce de la puerta, que golpeó la vieja madera, con un sonido fuerte y opaco. Hubo una larga pausa seguida por el débil sonido de pisadas que se acercaban.

Con sus estómagos revueltos, Ant y Sally observaron cómo la manija de la puerta comenzaba a girar. Y entonces, una cara se asomó, lentamente, tras el marco de la puerta.

"Ho... ho... hola" -tartamudeó Sally- "No... no... nosotros vinimos a quedarnos. Re... re... cibimos una carta."

Y entonces, una segunda cara apareció. Por lo menos ésta parecía más alegre. "Hola" -dijo mirándolos-. "¡Ustedes deben ser Sally y Antonio!"

La puerta se abrió completamente y el dueño de la casa se adelantó con las manos extendidas. "Encantado de conocerlos" -dijo mientras sacudía hacia arriba y hacia abajo el brazo de Sally-. "Yo soy Maximiliano."

Así que *éste* era su primo. Era bueno ver una cara amigable después de esa larga y oscura caminata.

Max se volvió hacia la ceñuda mujer. "Y ésta es la Sra. Barre, el ama de llaves" dijo. "Señora Barre le presento a mis primos. Ellos han venido a quedarse."

"¿Permanecerán mucho tiempo?" preguntó la señora juntando sus labios formando una apretada y derecha línea.

"Cerca de una semana" contestó Max e indicó a Sally y a Ant que lo siguieran dentro de la oscura y nada invitable casa.

Ant y Sally vacilaron sobre el escalón y con cuidado entraron en la casa. La puerta se cerró con estrépito tras ellos.

Estaban en un estrecho y húmedo corredor, apenas iluminado por velas chorreantes quemándose en candelabros decorados. Adelante, la siniestra ama de llaves se escabulló, silenciosamente, en medio de las sombras vacilantes.

Nerviosos siguieron a Max. ¿Qué les esperaba detrás de ese corredor revestido con oscuros paneles?

"Éste es el *hall* central" -anunció Max, cuando emergieron del oscuro y húmedo corredor. Sally y Ant miraron estupefactos a su alrededor. ¿Había personas que realmente vivían aquí? El lugar parecía más un museo que una casa. Era un amontonamiento de retratos polvorientos, bustos de mármol, grabados antiquísimos... Y ese hombre estudiando el globo terráqueo ¿sería realmente uno de sus parientes?

Max los apuró hacia una escalera curva. En algún lugar de la casa, a lo lejos, un reloj comenzó a hacer sonar la hora. Sally tembló. Hacía más frío dentro de esta extraña vieja casa que afuera, en medio de la niebla.

9

Sorpresas escondidas

Las antiquísimas tablas del piso crujían y gemían bajo sus pies mientras ellos ascendían lentamente las escaleras detrás de Max. Afuera, el viento plañía y se quejaba alrededor de la extraña casa. Las primeras gotas de lluvia comenzaron a golpear sobre una ventana de vidrios de colores asentada profundamente en la pared.

Al final de las escaleras Sally se tomó de la pesada baranda de madera y respiró con descreimiento. Frente a ella estaba un hombre vigoroso sobre un monociclo. Para su desconcierto Max no pareció sorprendido. "Él es Mervin" susurró a Ant y a Sally mientras el nombrado aceleraba frente a ellos y bajaba tropezando por las escaleras. "¡Es vuestro primo segundo!"

Abruptamente Max dobló a la izquierda adentrándose en un laberinto de corredores lóbregos, apenas iluminados por velas que goteaban. Dirigió a Ant y Sally a través de un enorme arco de piedra hasta una amplia galería. "Aquí está la familia" dijo.

Desde el piso hasta el cielorraso, desde siglos pasados hasta el presente, toda la familia Medianoche los observaba. Antes de que Ant y Sally terminaran de dar sólo un vistazo Max los apuró. Pero parecía que los ojos de cada retrato se movían y giraban para seguirlos...

Subieron por unas angostas escaleras de madera y luego siguieron por un largo corredor. Al fin Max se paró frente a una rugosa puerta de roble. Accionó la manija y la puerta se abrió. "Espero que les guste el cuarto" dijo Max y desapareció.

Con sus corazones golpeteando, Ant y Sally entraron. ¿Qué otros espectáculos extraños revelaría esta antigua y misteriosa casa?

La cena es a las siete.

Las sombras vacilaban en todos los rincones. Afuera los truenos sonaban furiosamente. Un rayo iluminó las dos sillas junto a la chimenea. Dentro de la casa un reloj comenzó a sonar. Ant miró su reloj: las siete en punto. Pero estaba seguro de que el reloj había sonado más veces.

¡Clang! Ellos se dieron vuelta inmediatamente. La ventana se movía hacia adelante y hacia atrás mientras sus vidrios tintineaban. ¡Uyy! Una ráfaga de aire helado circuló alrededor del cuarto. Y luego las ventanas se cerraron otra vez. El viento cesó y el cuarto se volvió silencioso.

El aire se sentía extrañamente calmo... hasta que se oyeron, desde arriba de la chimenea, débiles crujidos. Mientras tanto, a lo lejos, el estruendoso sonido de un gong reverberó en toda la casa. Los crujidos se hicieron cada vez más fuertes. Ant y Sally quedaron paralizados, como clavados en el piso. Una por una, página tras página se desprendían del calendario y giraban mareadas alrededor del cuarto.

La cena está servida...

Con gran ansiedad Ant y Sally bajaron las escaleras. El sonido de voces los guió hasta el comedor. Nerviosamente abrieron la puerta y entraron.

Asombrados miraron a su alrededor. Entonces Max los acompañó hasta sus dos sillas. Y así comenzó la noche más extraña de sus vidas. Todo lo que podían hacer era mirar y escuchar...

ALGUNAS PERSONAS MUY PECULIARES LOS ESCUDRIÑABAN EN SILENCIO.

Y ENTONCES LLEGÓ LA COMIDA.

12

13

Mensajes misteriosos

Al fin, Ant y Sally se escaparon. Ya en su cuarto cerraron la puerta con alivio. Max había prometido un plan de acción para el día siguiente, pero al menos por el momento estaban solos.

"¡Qué lugar!" dijo Ant. "¡Y qué comida!"

"¿Qué es lo que está pasando?", dijo Sally desplomándose en una silla. "¿Y por qué todos son tan extraños?"

Ant decidió atacar el problema más urgente. Afortunadamente tenía a mano comida para emergencias. Rompió el envoltorio de un paquete de bizcochos y los devoraron. Luego otro... y luego un tercero.

Afuera el tiempo empeoraba. El poderoso viento penetraba por la chimenea y la lluvia caía y golpeaba viciosamente las ventanas. Con sus corazones alicaídos se prepararon para ir a la cama. Pero les esperaba un *shock*. Hasta ahora nada en la vieja casa había sido lo que habían esperado y su cuarto no era una excepción.

La vieja casa crujía y se quejaba mientras las antiguas maderas se acomodaban para la noche. La luz de la Luna enviaba sombras vacilantes al piso y a las paredes. Ant y Sally temblaban bajo las heladas cobijas. Oyeron el ruido de pasos deslizándose sigilosamente por el corredor. Esos pasos, ¿se detuvieron frente a su puerta?... Era difícil asegurarlo. Al final se durmieron con un sueño intranquilo.

Poco sabían ellos que mientras dormían extrañas fuerzas estaban trabajando en la vieja casa. Cuando todo estaba calmo y oscuro el reloj dio las doce en algún lugar. Dentro del cuarto nada se movió. Pero desde el piso llegaba un débil crujido. Las hojas desparramadas del calendario comenzaron a juntarse para luego ascender dentro de la chimenea, desapareciendo sin el menor ruido.

Sally se estiró inquieta. ¿Había una voz lejana y débil susurrando su nombre? "Sally, Sally, despiértate," parecía que la voz fantasmal repitiera una y otra vez.

Ant se dio vuelta, mitad dormido y mitad despierto. ¿Había realmente una mano fría y viscosa apretando y clavándose en sus hombros, sacudiéndolo para volverlo conciente?

Temblando de miedo y bien despiertos ambos se sentaron erguidos. "¿Qu.. qué está pasando?" dijo Ant envolviéndose con las cobijas.

"Yo nn.. no sé" dijo Sally, observando ansiosa alrededor del cuarto. "Pero no me gusta."

¡Crash! Un cuaderno voló desde un estante y aterrizó abierto sobre el piso. Ranura saltó de la cama, maullando con terror. Se paró sobre el cuaderno con la espalda arqueada y el pelaje erizado, silbando y escupiendo. Ant y Sally observaban horrorizados como líneas ondulantes aparecían en la página en blanco. Líneas que deletreaban una sola palabra.

¡CRRRK! La puerta del ropero comenzó a abrirse. Y se abrió completamente entre quejas y gemidos. Entonces un mensaje comenzó a aparecer en el espejo. Con rasgos temblorosos, palabra tras palabra comenzaron a formarse delante de sus ojos. Llenos de miedo vieron que las palabras deletreaban una desesperada advertencia. ¿Pero qué significaban?

¡Uh uh uh a! Una ráfaga de viento helado barrió la habitación y giró dentro de la chimenea. Tomó un montón de papeles estrujados sobre la parrilla. Los papeles se agitaron y se desdoblaron. Ant y Sally estaban demasiado aterrados para hablar o moverse. Frente a ellos se hallaban las desteñidas páginas de un antiquísimo periódico.

Temblando Sally tomó los arrugados y amarillentos papeles y los desparramó frente a ella, en el suelo.

15

¡DESASTRES EN UNA HISTÓRICA CASA!

Descubierto: *escalofriantes secretos de la Villa Doce Campanas - ¡la casa del horror!*

De nuestro corresponsal
BILLY VITTORNOT

El último de una serie de extraños accidentes que ocurrieron a los residentes de la Villa Doce Campanas sucedió anoche a las 12 cuando un hombre fue gravemente lastimado por un jarro de cebollas en conserva.

El accidente ocurrió cuando su bicicleta chocó con un vagón cargado de alimentos, procedente de la cadena de mercados GUERRA DE PRECIOS. La bicicleta quedó partida en dos y el hombre fue trasladado con urgencia al Hospital General Gallstone.

La víctima, soltero de 42 años, se llama Mervin Medianoche de Doce Campanas. Dice que ahora está bien y pregunta por su bicicleta.

Perseguida por la mala suerte

Ésta no es la primera vez que ocurre una tragedia en Villa Doce Campanas. En una cadena de extrañas coincidencias muchos habitantes sufrieron accidentes que les produjeron cambios en su personalidad y pérdida de memoria.

LA ÚLTIMA VÍCTIMA
Mervin Medianoche

Víctimas del destino

La atractiva morocha Posy Tutú (39) una de las principales bailarinas del Bolshoi Ballet fue dejada caer por su *partenaire,* en el medio de un *pas-de-deux,* durante una representación en la Villa Doce Campanas. Desde entonces, Posy ha colgado sus zapatillas de baile y es una regular asistente junto con los jóvenes concursantes para el equipo de fútbol Medianoche.

FANÁTICA DEL FÚTBOL
Posy Tutú

El bromista Justo Chuckle, fue reconocido por sus prácticas bromas y sus chistes graciosos hasta que casi se muere riendo. Una noche mientras decía su broma favorita, se rió hasta quedar sin aliento y luego se desmayó. Al recobrarse, Chuckle estaba tan asustado que juró no reír nunca más. Para evitar una accidental cosquilla en sus costillas sólo dice oraciones al revés. Planea ser profesor de matemática.

BROMISTA
TRANSFORMADO EN
MAESTRO: Chuckle

LA MANSIÓN MEDIANOCHE

La Villa Doce Campanas ha pertenecido a la familia Medianoche durante generaciones. La casa fue diseñada por el primer lord Medianoche que durante sus viajes al extranjero, para inspirarse, dibujó intensamente.

Infierno

Ayer se cumplieron treinta años desde que la casa se salvó de la destrucción por el fuego.

DRAMÁTICO INCENDIO EN LA MANSIÓN

Barrió parte del ala este. La única víctima fue el duodécimo Lord Medianoche a pesar de los vanos esfuerzos de un valiente hombre del lugar llamado Frank Forthright.

En la escena también estaba el bombero Slift que, comentó «Lord Medianoche parecía delirar al final. Sus últimas palabras fueron: "Un ratón y una puerta de natilla para devorarme".»

Ciencia local: la casa está embrujada

*Nuestro reportero **May Kittup** ha estado en el lugar para medir las reacciones acerca de este último trágico evento.*

LA DORMIDA VILLA de Medianoche en el mar está convulsionada por los extraños sucesos en la Villa Doce Campanas.

Parece que varios pobladores piensan desde hace tiempo que la casa padece una clase de maldición. Sin embargo la mayoría de ellos parecían extrañamente disgustados a hablar. Uno finalmente aceptó pero insistió en permanecer anónimo. Nos reunimos bajo un pequeño arbusto en el estacionamiento de la casa pública Piedra y Espectro. El Sr. X parecía intranquilo e inquieto mientras hablábamos.

El concejal del lugar Polly Bellowes, una figura familiar en la villa.

Villa del miedo

"Dicen que hay cuartos en esa casa que han estado vacíos y cerrados durante años" dijo el Sr. X, mirando nerviosamente a su alrededor. "Y una vez al año" agregó en un susurro, "dicen que figuras encapotadas recorren los corredores, gimiendo y lamentándose y retorciendo sus manos." Con esto el Sr. X rehusó decir algo más y se alejó.

Voz solitaria

Un poblador que no comparte los temores generales es el Concejal Polly Bellowes. Se ríe ante las insinuaciones que la casa está maldita. "La gente de aquí pasa demasiado tiempo desparramando rumores." Después del último accidente pidió una investigación sobre la política del mantenimiento de caminos.

¡Mi ardiente batalla!

*Después de 30 años el héroe Frank Forthright habla exclusivamente con **SORPRESAS** acerca de su valiente intento de rescate.*

El tímido Frank, un soltero de 52 años, no quería hablar al principio. "¿Por qué traer todo

eso a la luz? Es historia" comentó el reluctante héroe. Y agregó "Traté de salvarlo, aún él merecía una oportunidad."

Cuando le preguntamos si podía aclarar algo sobre las últimas palabras de lord Medianoche se agitó y le pidió a nuestro reportero que se fuera. No hizo ningún otro comentario.

La Villa del miedo

E l día siguiente amaneció soleado y brillante. Haces de luz iluminaban su cuarto a través de la ventana de viejísimos marcos. ¿Habían sucedido realmente los eventos de la noche anterior? Parecía difícil de creer.

"Tengo hambre" dijo Ant. "Vamos hasta el pueblo." Sally asintió, contenta de evitar otra comida en esa casa misteriosa.

Silenciosos salieron por la puerta del frente y tomaron el camino para coches.

Al final del Camino Bosque Sombrío doblaron hacia la izquierda. A lo lejos podían distinguir grupos de casas apiñadas, abrazadas a las curvas del camino que se curvaba y retorcía en su trayecto hacia el mar.

Caminando hacia los dispersados alrededores del pueblo fueron parados por una vieja mujer. Taimadamente miró a Ant y luego a Sally.

"Aquí no nos gustan los extraños" les siseó. "Mejor que se alejen" y con eso se escurrió.

Sorprendidos, Ant y Sally caminaron lentamente. Diez minutos más tarde llegaron al pueblo. Pero en la angosta calle principal se sintieron incómodos. Les estaban prestando mucha atención...

Mientras más avanzaban dentro del pueblo más crecía esa sensación. Las cabezas giraban furtivamente para observarlos. Ojos penetrantes se clavaban en sus espaldas. Caras espiaban tras las cortinas, que se movían. Pero nadie les dijo una palabra, o casi nadie.

Justo entonces Ant sintió un urgente tirón en su manga. La voz ansiosa de un hombre viejo susurró en su oído. "¿Ustedes son los huéspedes de la Villa Doce Campanas? ¡Váyanse! Aléjense antes de que sea demasiado tarde." Pero antes de que pudieran responderle había huido.

Ant y Sally se miraron. Parecía imposible. Todo el pueblo estaba muerto de miedo... ¿pero por qué?

Nerviosamente abrieron la puerta del negocio del pueblo. Sonó la pequeña campana. Todos los presentes se dieron vuelta para observarlos. Y luego se hizo silencio.

"Se quedan mucho" dijo el dueño.

"Una semana" respondió Sally mientras uno de los clientes aspiraba una gran bocanada de aire.

"¿Están seguros de que es conveniente?" preguntó pesadamente el dueño.

Ant impaciente eligió un paquete de Masticables con sabor a frutilla, pagaron y se fueron. Pero una vez fuera de la tienda oyeron un insistente ruido siseante tras ellos. Entonces se dieron vuelta...

¡PSSST!

Por un momento Ant y Sally creyeron que estaban oyendo cosas. No cabían dudas. Alguien, oculto tras la pared, trataba de llamar su atención.

"Hay alguien que ustedes deben conocer - que sabe más de lo que dice" - susurró una voz anónima. "Sigan este camino hasta el parque, y luego busquen la casita con ventanas rojas. Es la que sigue a la casita azul sobre una pequeña colina. Pero ¡apúrense!"

A través del transitado parque pudieron ver la casa tal como la voz misteriosa la había descripto. Ellos dudaron. ¿Qué les estaría esperando allí?

La historia se revela

Temblando ligeramente Ant y Sally recorrieron el sendero hasta la casita. De repente sonó un grito desde el jardín. Sorprendidos se dieron vuelta. Una figura con la cara roja se acercaba empuñando su bastón hacia ellos.

"Hola. N... nosotros estamos en la Villa Doce Campanas" balbuceó Sally. La figura se acercó. Parecía vagamente familiar. ¿Lo habían visto antes en algún lado?

Entonces lo reconocieron. Avanzando hacia ellos estaba la versión más vieja y corpulenta del heroico Frank Forthright de los periódicos. ¡Así que "esto" es lo que debían encontrar! ¿Pero por qué?

¿Debo advertirles?

Frank los miró fijamente. Parecía agitado y decidido a hablar, pero cambió de opinión. Arrastraba un pie tras el otro. Al final habló "Váyanse ahora" dijo lentamente. "Nada bueno pasará si se quedan."

Entonces Ant interrumpió. "Por favor ayúdenos. Cosas extrañas están sucediendo, cosas que no podemos explicar" dijo. "En la casa, en el pueblo... y nuestros parientes..."

"Parientes" interrumpió abruptamente Frank. "¿Son ustedes miembros de la familia Medianoche?"

"Sí" dijo Ant asombrado. "¿Por qué?"

Frank parecía pensar profundamente. Entonces, con un fuerte suspiro, habló "Mejor que entren. Hay cosas que deben saber."

Él indicó a Ant y a Sally que lo siguieran por el sendero. Dentro de la casa los guió hasta una pequeña sala, señalándoles tres sillas destartaladas colocadas frente a la chimenea vacía. "Siéntense" dijo. "Y escuchen bien lo que tengo que decir."

"La Villa Doce Campanas es un lugar endemoniado" comenzó. "Todo empezó la noche en que se prendió fuego el ala este, hace muchos años..."

21

La Piedra Medianoche

H ubo un momento de silencio cuando la historia de Frank alcanzó su escalofriante conclusión. Entonces Ant preguntó "¿La Piedra? ¿Qué Piedra?"

Frank se dirigió hacia un estante de libros y bajó un viejo y pesado tomo, cubierto con años de polvo y hollín.

La Piedra Medianoche

Propiedad de la familia Medianoche la Piedra es la pieza central de una magnífica reliquia (fotografiada a la derecha).

Modelada intrincadamente en peltre, con rubíes insertados en su base la reliquia posee un par de Loukaniky cabras*, detalladamente decoradas, en su parte superior.

La Piedra está hecha de cyanozine, uno de los minerales más raros del mundo.

La impresión de un artista de la reliquia y la Piedra Medianoche.

Lord Medianoche decretó que la Piedra debería permanecer siempre dentro de la familia y nunca ser vendida

Orígenes de la Piedra

La Piedra llegó a la familia Medianoche después de que el primer Lord Medianoche, un explorador intrépido, descubrió Mythika, hasta ahora un país desconocido. Lord Medianoche pronto se convirtió en el favorito de la corte de la Reina Fátima (ver lado opuesto). Un gran lingüista, él hablaba fluidamente Mythikan, incluyendo varios dialectos regionales.

Cuando sugirió que debía volver a su patria, la Reina Fátima lo encerró en un calabozo. Su única comida era lagartijas asadas con puré de babosas, que le pasaban, una vez por día, a través de los barrotes de su celda.

El bufón de la corte debía a Lord Medianoche una profunda deuda de gratitud. Algunas semanas antes el Lord había hablado elocuentemente para que le aumentaran el salario básico a Tonto. Como resultado el bufón recibiría dos aceitunas extras por año.

Cuando el bufón se enteró de que la Reina iba a ejecutar a Lord Medianoche al día siguiente, planeó una atrevida fuga de la cárcel, que se realizó tal como se había previsto. Mientras Lord Medianoche se preparaba para fugarse el bufón le entregó la reliquia como regalo de despedida.

Lord Medianoche se despide del noble bufón.

Reproducción de un grabado de madera por
Athos de Phatos

© *MOMMA*
Museo de Arte Medieval
Mythikan

* Los Loukanikis son nativos sólo de Mythika. Son el emblema nacional del país.

"Allí" dijo, señalando con un dedo huesudo la página que ellos debían leer. "La Piedra Medianoche. Famosa por su belleza y maldita desde el día en que cayó en manos de la familia Medianoche."

Ant y Sally estuvieron muy pronto concentrados en la extraña historia de la antiquísima gema. Ranura, no precisamente un gran historiador, partió para recorrer la cocina. Cuando terminaron de leer Frank cerró el libro diciendo solemnemente, "Pero eso no es todo. ¡La historia de la Piedra no termina aquí!"

Antecedentes históricos de la Piedra

Lord Medianoche, un gran diarista y un artista aficionado de cierta importancia, ha dejado una fuente de valiosa información acerca de la gente de Mythikan y su cultura. Abajo mostramos extractos de sus bosquejos con notas explicatorias.

Una parte del diario de Lord Medianoche

Ella parecía una agradable clase de monarca

El tonto me advirtió que no la deje caer en manos extrañas porque dice que posee los más fantásticos y raros poderes.

1) Fátima (dibujada arriba por Lord Medianoche) es ahora reconocida como una de los más rudos gobernantes de Mythikan. Los Mythikans tenían que ejecutar continuamente pruebas atléticas como saltos triples, pararse sobre las manos o dar vueltas de carnero mientras estaban en su presencia. Sólo aquellos mayores de noventa y cinco años quedaban exceptos.

2) Por muchos años era obligación del bufón decir una nueva broma cada hora. Si el chiste no hacía reír al monarca, las puntas del gorro del bufón y las de sus zapatos eran ceremoniosamente cortadas con un par de tijeras de podar.

Además era una tarea tradicional del bufón actuar como guardián de la reliquia. No tenemos noticias de lo que le pasó al bufón amigo de Lord Medianoche.

Un escándalo familiar

Los ojos de Frank se humedecieron cuando comenzó a recordar los terribles sucesos que siguieron en la historia de la Piedra. "Todo pasó en una común tarde de otoño." "Dos semanas antes de que el fuego clamara la vida del duodécimo Lord Medianoche..."

Una caminata por el bosque

A l final Frank concluyó su misteriosa historia. "Eso es todo lo que puedo decirles" dijo recostando su espalda en la destartalada silla. "Ahora váyanse. Tomen el atajo a través del portal al final del camino y rodeen el lago. ¡Pero apúrense!"

Ant y Sally se pararon para irse. Agotado, Frank se pasó un gran pañuelo manchado sobre su frente. "Dicen que el que encuentre la Piedra podrá levantar la maldición" continuó débilmente. "¡Y que hay un cuarto secreto en la casa que tiene la clave sobre su escondite! Ahora déjenme - porque corre un rumor que cualquiera que ayude al que se entrometa con la Piedra Medianoche será víctima de la maldición."

Ant y Sally corrieron por el camino con sus cerebros aturdidos. ¿Podían estar realmente en una casa bajo la amenaza de una antigua maldición? ¿Y quién sería la próxima víctima, se preguntaron preocupados?

"¿Cómo haremos para encontrar la Piedra perdida?" dijo Sally. "Ha desaparecido hace años."

Algo acerca de la historia estaba intrigando a Ant. Fue lo que dijo Lord Medianoche al maldecir la casa "Mientras la Piedra sea mía..." ¿Por qué decía que la Piedra era suya si su hermano la había robado? Después de todo la joya nunca se había recuperado.

Antes de que Sally pudiera contestar alcanzaron el portal al final del camino. Levantando el antiguo herraje empujaron fuertemente contra la madera podrida. Las bisagras chirriaron protestando y entonces ellos pasaron.

Densos árboles se alzaban sobre ellos cortando todo menos un débil resplandor del sol. Medio ciegos por el brusco cambio de la luz a la sombra Ant y Sally dudaron un momento. Luego, lentamente se acostumbraron a la penumbra.

¿Qué clase de lugar era éste? Abandonado durante años, el olor a podredumbre y descomposición era inaguantable. No había pájaros cantando, ni viento que agitara las hojas ni una pequeña ola perturbaba las oscuras aguas del lago. Con sus corazones brincando Ant y Sally se deslizaron por el resbaladizo banco. Las ramas arañaban sus caras, las zarzas se enredaban en sus pies y adelante el sendero desaparecía paulatinamente. Estaban rodeados por un ejército de árboles. Era imposible saber hacia donde ir. "Estamos perdidos" farfulló Sally.

Una sensación fría y húmeda recorrió la columna de Sally. Una voz débil había susurrado su nombre, pero no había nadie a la vista. Entonces, a través de los árboles Ant vio una figura oscura y silenciosa que les indicaba que lo siguieran.

Ant y Sally se esforzaron por seguir al sombrío personaje que los guiaba a través del oscuro bosque. Su capa se agitaba alrededor de él cuando se movía. Sus pies parecían no tocar el suelo mientras avanzaba silenciosamente.

La ventana faltante

Pequeños rayitos de sol se filtraban a través de los árboles. Ant y Sally podían oír a los pájaros que gorgojeaban a lo lejos. Entonces, parpadeando por la luz repentina, se hallaron fuera del bosque y al borde del jardín. Pero no había señales de la extraña y sombría figura que los había guiado desde el lago. Se había desvanecido tan misteriosamente como había aparecido.

Observaron la escena. El jardín, todavía pantanoso por las fuertes lluvias nocturnas, se extendía frente a ellos. En cada rincón podían ver caras familiares que compartieron la cena la noche anterior.

El sol mañanero brillaba pálidamente sobre la vieja casa. Las antiguas piedras, a través de los años, habían adquirido un suave tono gris. Sally observó las ventanas del primer piso y trató de descubrir cuál pertenecía a su cuarto. Cuánto más miraba más extraño le resultaba algo. ¿Pero qué era ese "algo"?

¡Por supuesto! Apretando el brazo de Ant ella dijo "¡Mira! Al lado de nuestro cuarto. Una vez hubo allí una ventana. ¿Habrá detrás alguna habitación?"

Atravesaron corriendo el jardín. ¿Encontraron un cuarto secreto? ¿Y tendrían alguna pista vital acerca del destino de la Piedra, como dijo Frank?

Aporrearon los escalones, forzaron la puerta trasera y atravesaron con estrépito la casa. Con un impulso frenético investigaron el corredor fuera de su cuarto. ¿Seguramente en alguna parte debía haber una puerta?

Aunque no lo sabían, no estaban solos en el oscuro y lóbrego corredor. Una furtiva figura observaba cada uno de sus movimientos y escuchaba atentamente cada palabra que decían...

Entonces Sally tuvo una inspiración. Jadeando movieron un antiguo armario que sobresalía de la pared. ¡Detrás había una puerta festoneada con telarañas!

Ninguno de ellos había oído el débil crujido de una falda almidonada, o el sonido de apuradas pisadas desapareciendo tras la esquina...

Detrás de la puerta bloqueada

C on las manos temblorosas Sally asió la llave. Estaba casi sólidamente atascada en la cerradura. Al final giró con un fuerte ruido. Ant empujó la puerta. Las viejas bisagras, sin usar o aceitar durante años, revivieron chirriando.

Fue como penetrar en otro mundo. Ant y Sally quedaron boquiabiertos. Objetos magníficos estaban amontonados en cada rincón de la habitación. Grabados exóticos competían por espacio con muebles decorados. Un tapiz de fabulosos colores colgaba torcido de la pared. ¿Era aquello alguna clase de instrumento musical, colgado en un gancho del rincón?

Nadie había entrado allí durante años. Una capa de tierra, cubría todas las superficies. El cuarto olía a humedad. Ninguna brisa movía el aire. La luz del sol no iluminaba las sombras que acechaban en cada rincón.

El único sonido en ese viejísimo cuarto era el lento, rítmico tic de un gran reloj parado contra la pared. Qué extraño que funcionara aún, después de tantos años....

De repente el reloj vibró y entró en acción. Comenzó a hacer sonar la hora
Una... Dos... Tres... Cuatro... Cinco...
Seis... Siete... Ocho... Nueve... Diez...
Once... Doce...

El eco de la última campanada se apagó. Ant miró su reloj. "¿Doce?" dijo intrigado. Y entonces la puerta del cuarto se cerró, tras ellos, con un golpe.

El instrumento musical se balanceó en el rincón lentamente, en su gancho. Una por una las viejas cuerdas oxidadas comenzaron a atiesarse y luego se rompieron. Una estatua de extraña apariencia, apoyada sobre una mesa entró en acción. Danzaba girando como accionada por un mecanismo de reloj. El viejo rollo de pergamino comenzó a flamear y aletear en su colgadero.

"¿Q-qué es lo que está pasando?" dijo Sally. Un frío aliento rozó la parte de atrás de su cuello. Se arrinconó contra la puerta, temblando de miedo.

Abruptamente la luz del sol perforó las sombras. Era como si flechas brillantes penetraran por una ventana, una ventana que ya no estaba allí. Luego una ráfaga de aire helado aulló en la habitación y chiflando pasó frente a Ant y Sally.

¡Clunk! El viento arrancó un libro de la biblioteca. El pesado tomo cayó, con un sordo ruido, al suelo. Una lluvia de tierra voló desde sus arrugadas páginas.

La brillante flecha de luz enfocó al viejo libro. El viento giraba alrededor en furiosas ráfagas. ¿Podrían las antiguas páginas contener alguna clave para el misterio?

Sally se inclinó para tomar el libro. El viento cesó y por un momento hubo silencio.

¡SSSS! Desde el rincón llegaba un ruido débil, como un silbido, y quejoso creció y creció en volumen. Ant y Sally giraron. El ruido provenía de una vieja radio apoyada sobre una mesa en el rincón.

Piedra... Apúrense...
Lean el diario...
Pero alerta...
Enemigo en la casa...
Apúrense...

La radio comenzó a revivir. Despacio, tan despacio que al principio ellos no podían entender las palabras, una voz débil despersonalizada, comenzó a hablar.

31

Max se hace cargo

A nt y Sally dispararon de la habitación tan rápido como sus temblorosas piernas se lo permitieron. Sally todavía aferraba el libro que había recogido. "Mira" dijo. "Es un diario... ¡Recuerdas el mensaje de la radio!" Ellos observaron el desvencijado viejo libro. ¿Podría contener en sus páginas polvorientas una pista vital para encontrar la Piedra? Justo entonces oyeron pasos que se acercaban.

Sonriendo orgullosamente, Max apareció tras un rincón. Estaba lleno de planes para ese día. Ant y Sally estaban estupefactos. Pero no había escapatoria.

Siguiendo la inconstante dirección de Max recorrieron un sinuoso sendero en los viejísimos triciclos que él había encontrado para ellos. Max sugirió parar y almorzar en el café del pueblo. Muy pronto se encontraba saboreando una generosa porción de tarta de grosellas cubierta con salsa picante de tomate.

El tiempo pasaba. La hamburguesa de Ant se enfrió en su plato. El emparedado de Sally se enrulaba en las esquinas. ¿Terminaría de comer Max? ¡Ellos debían encontrar la Piedra antes de que la maldición cobrara su próxima víctima!

Con un suspiro de placer Max limpió los últimos restos de tomate. "¡Vamos!" dijo. Ant y Sally saltaron. ¡Libres al fin! Pero Max había planeado más entretenimientos al volver a Doce Campanas.

Afuera, en el jardín, Max comenzó a explicar los detalles del primer juego. Ant se devanaba el cerebro tratando de sonsacarle algo sobre la Piedra. Al final le soltó una pregunta, pero Max lo ignoró. Fue como si no hubiera oído una palabra.

Max parecía no encontrar nada extraño en los juegos que organizaba. El giro de las cacerolas fue seguido por una carrera de babosas. Después de un reñido final, la babosa de Sally, Desdémona, fue declarada ganadora y premiada con una rosa.

Un juego seguía al otro. ¿Se arreglarían para escaparse? Ellos jugaron a Cazar la Tarántula, Escóndete y Chilla, Pasa a la Perdiz... Al fin comenzó a oscurecer.

Las primeras violentas sábanas de lluvia caían sobre el jardín mientras ellos entraban. Max había planeado una velada musical. Tocó, emocionado, el arpa y luego dirigió, a todos, en algunos cantos divertidos.

Sally miró ansiosa su reloj. "*Debemos* leer el diario" le siseó a Ant imitando a una ruidosa saloma de mar. "¡El tiempo se está acabando!"

El diario

Media hora más tarde Ant y Sally se las arreglaron para escaparse. Corrieron a su cuarto, Sally tomó el diario. Lo abrió en la última entrada y varios trozos de papel cayeron de él. Y realmente demostraron ser trozos de papel muy interesantes...

VENDA & RÁPIDO

Valuación de la Piedra Medianoche

Precio estimado de venta	£7,300
—Piedra	
—Piedra Engarzada	£10,560
Menos nuestro 40% convencional	£4,380
Total	
—Piedra	
—Piedra Engarzada	£6,336

Parece extraño
No tienen
ni la p
ni la X

Compras: mandolín
cuerdas, calzas rojas,
Sanguijuelas.

¡Gran policía llega a la cumbre!

El Inspector Smug, nuevo recluta de Investigaciones ha sido el centro del mayor escándalo de esta semana. Esto sigue a las quejas de 42 personas arrestadas ilegalmente durante los últimos tres meses.

Smug admite que su promedio de arrestos sobrepasa el 37%. El feliz policía esposador, cuyos trabajos previos incluyen una temporada como controlador de calidad de Tuffaware All-Weather Anoraks, fue incorporado a la fuerza hace siete años.

Un rápido ascenso a través de los rangos lo llevó a una promoción al principio del año pasado.

Un vocero comentó "Pasa algunas veces. Usted recibe estos oficiales recién promovidos, picantes como mostaza y un poco déspotas. El oficial mencionado recibió una severa reprimenda."

SMUG: demasiado ansioso

¡ Esto parece prometedor!

Días felices en el lago para mis hijos.

El viento aullaba alrededor de la casa y los truenos protestaban enojados en la distancia mientras ellos se volcaban sobre el diario. Ranura merodeaba alrededor del cuarto siseando intranquilo, pero ellos apenas lo notaron. Algo llamó la atención de Sally. "Mira" dijo excitada. "¡Mira la fecha del diario!"

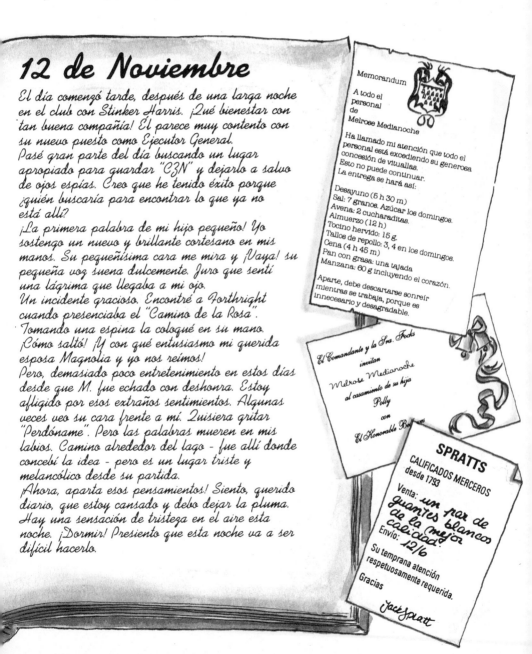

12 de Noviembre

El día comenzó tarde, después de una larga noche en el club con Stinker Harris. ¡Qué bienestar con tan buena compañía! Él parece muy contento con su nuevo puesto como Ejecutor General.

Pasé gran parte del día buscando un lugar apropiado para guardar "C3N" y dejarlo a salvo de ojos espías. Creo que he tenido éxito porque ¿quién buscaría para encontrar lo que ya no está allí?

¡La primera palabra de mi hijo pequeño! Yo sostengo un nuevo y brillante cortesano en mis manos. Su pequeñísima cara me mira y ¡Vaya! su pequeña voz suena dulcemente. Juro que sentí una lágrima que llegaba a mi ojo.

Un incidente gracioso. Encontré a Forthright cuando presenciaba el "Camino de la Rosa". Tomando una espina la coloqué en su mano. ¡Cómo saltó! ¡Y con qué entusiasmo mi querida esposa Magnolia y yo nos reímos!

Pero, demasiado poco entretenimiento en estos días desde que M. fue echado con deshonra. Estoy afligido por esos extraños sentimientos. Algunas veces veo su cara frente a mí. Quisiera gritar "Perdóname". Pero las palabras mueren en mis labios. Camino alrededor del lago - fue allí donde concebí la idea - pero es un lugar triste y melancólico desde su partida.

¡Ahora, aparta esos pensamientos! Siento, querido diario, que estoy cansado y debo dejar la pluma. Hay una sensación de tristeza en el aire esta noche. ¡Dormir! Presiento que esta noche va a ser difícil hacerlo.

Memorandum

A todo el personal de Melrose Medianoche

Ha llamado mi atención que todo el personal está excediendo su generosa concesión de vituallas. Esto no puede continuar. La entrega se hará así:

Desayuno (6 h 30 m)
Sal: 7 granos. Azúcar los domingos.
Avena: 2 cucharaditas.
Almuerzo (12 h)
Tocino hervido: 15 g.
Tallos de repollo: 3, 4 en los domingos.
Cena (4 h 45 m)
Pan con grasa: una tajada
Manzana: 60 g incluyendo el corazón.

Aparte, debe descartarse sonreír mientras se trabaja, porque es innecesario y desagradable.

El Comandante y la Sra. Focks invitan Melrose Medianoche al casamiento de su hija Polly con El Honorable B...

SPRATTS
CALIFICADOS MERCEROS
desde 1793

Venta: un par de guantes blancos de la mejor calidad.

Envío: 12/6

Su temprana atención respetuosamente requerida.

Gracias

Jack Spratt

El dedo indicador

Ant miró la fecha de la entrada final del diario. Algo acerca de ésta se agitó en su memoria. ¡Por supuesto! Ahora todo tenía sentido... El doce de noviembre: la noche del incendio. La noche en que el duodécimo Lord Medianoche profirió su maldición sobre la casa... El doce de noviembre: la noche del accidente del primo Mervin y de la tía Posy... y de todos los otros accidentes de los miembros de la familia Medianoche... ¡Todos sucedieron el doce de noviembre y todos a medianoche!

"Pero" titubeó Ant. "Ésa es la fecha de hoy. ¡Sólo nos quedan dos horas para encontrar la Piedra y romper la maldición antes de que actúe otra vez!"

Ant y Sally no sabían que la siniestra ama de llaves estaba escuchando tras la puerta. Con su oído pegado a la cerradura podía oír cada palabra que ellos decían.

En ese momento en el corredor se escuchaba un débil zumbido. El reloj del cuarto secreto comenzó a sonar nuevamente.

Dentro de su cuarto, Ant y Sally apenas notaron el ruido distante. Desesperadamente buscaron pistas en la última entrada del diario.

Ant tuvo un pensamiento. La Piedra estaba hecha con cyanozine. ¿Podía ser "CZN" el código secreto para la Piedra? ¿Pero entonces qué significaba "...para aquellos que buscan lo que ya no está allí"?

¡DONG! El reloj oculto dio las doce. A Sally comenzó a ocurrírsele una idea.

El cuarto secreto... ¡El cuarto "que ya no está allí"!

Debían haber omitido algo. ¡La pista de la Piedra *tenía* que estar en el cuarto secreto. ¡Debían volver allí!

Si Ant y Sally hubieran escuchado habrían oído el sonido de fuertes pisadas que se alejaban corriendo. Pero ya habían olvidado el mensaje vacilante de la radio. Una voz que les advertía de un enemigo en la casa.

Afuera de la casa, la lluvia golpeaba las viejas paredes de ladrillos. El fuerte sonido de un trueno hizo estremecer a los viejos muros de piedra. Dentro del cuarto secreto la temperatura era helada. ¿Pero fue sólo eso lo que los hizo temblar mientras observaban el oscuro y lóbrego cuarto?

De repente, dos antiquísimas velas incrustadas con restos de vieja cera, se encendieron. Siniestras figuras y sombras invadieron el cuarto, lanzándose y sacudiéndose en cada rincón. Sally tembló de miedo. ¿Había pasado fugazmente ante ella una figura sombría? ¿Había una débil voz que susurraba su nombre? "Sally, Sally. Date vuelta... Enfrenta el retrato. Míralo."

Sacudiéndose aterrada Sally se dio vuelta para enfrentar el retrato. Y al mirarlo fijamente desde el sucio marco vio dos figuras: hermanos gemelos...

Sally jadeó. ¿Era un truco de la luz o las figuras se habían movido? Ahora se movieron otra vez. Uno de los gemelos señalaba con urgencia una estatua, mientras el otro miraba ceñudamente, con una expresión de gran amenaza.

Sally había visto, antes, la estatua del cuadro, en el jardín. ¿Sería éste, al fin, el final del rastro? ¿La respuesta a la desaparición de la antiquísima gema estaría afuera, en la noche salvaje y tormentosa?

Una clave misteriosa

E l viento chillaba y bramaba a través de los árboles cuando Ant y Sally corrieron hacia el jardín. La fuerte lluvia golpeaba sus caras. Sobre ellos, nubes enormes corrían furiosamente a través del cielo tormentoso.

Un rayo destelló a través del oscuro y siniestro jardín. Hacia adelante, brillando fantasmalmente bajo la luz tormentosa, podían ver la antigua estatua. ¿Sería éste el final de su búsqueda? Corrieron hacia ella. Y entonces se oyó una gigantesca explosión de truenos que rodó por el jardín.

Los fríos e inmóviles ojos de la vieja estatua miraban fijamente hacia adelante como si, con dedos helados, pudieran penetrar y escarbar en cada rincón o grieta. El agua bajaba por sus cuellos y mojaba hasta sus zapatos. Se estaban helando. No quedaban ya esperanzas. No había ningún signo de la antigua piedra.

"Volvamos" gritó Sally sobre el ruido del viento quejumbroso y de los árboles agitándose. "¡No hay nada aquí!" Pero corriendo hacia la casa a través de las sombras amenazantes, ninguno notó que era una hora muy extraña para que un leñador estuviera trabajando...

De vuelta en el cuarto secreto, chorreando y helados hasta los huesos, devanaron su cerebro desesperadamente. ¿Habían ellos perdido una pista en alguna parte? Ant miró el retrato. Una idea se estaba formando en su cabeza. "Quizás" dijo despacio "La figura no esté señalando la estatua..."

En el momento que Ant habló, el retrato comenzó a sacudirse y vibrar en su gancho. Se movía de lado a lado como si estuviera prendido en alguna violenta batalla. Sally se estiró y tomó los bordes del marco y lo alzó con esfuerzo, tan fuerte como pudo. Tambaleante bajó el retrato de la pared. Con dedos temblorosos separó la parte posterior de su marco. Y allí, atrapado adentro, había un polvoriento trozo de papel doblado apretadamente.

Ant levantó el papel y lo desdobló. La arrugada hoja parecía que iba a deshacerse en pequeños pedazos en sus manos. Animado alisó la hoja rota y la observó fijamente. La caligrafía alargada era muy familiar para ambos... Comenzaron a leer. ¿Los llevaría esto, al fin, al escondite de la Piedra Medianoche?

Si muchos lados pero una sola voz,
En ritmo pero sin rima,
Cuando me oigas cantar encontrarás
Que yo tengo la llave del tiempo.

Asombrados llegaron al final del misterioso mensaje. Era una forma de poema, pero parecía no tener sentido. ¿Qué podría significar?

Afuera el viento todavía rugía alrededor de la antigua casa. Rompió algunas viejas tejas de pizarra del techo y las lanzó hasta el piso deshaciéndolas en pequeños pedazos. Mientras tanto la hora se acercaba más y más a la medianoche.

39

El final de la búsqueda

Una ensordecedora sucesión de truenos estremeció la casa hasta sus cimientos. Ant y Sally se acurrucaron temblando dentro del cuarto secreto. Una y otra vez leyeron las líneas intrigantes del extraño poema.

¿Qué era lo que tenían que buscar? ¿Algo que pudiera cantar? ¿Podía eso significar un instrumento musical? ¿Pero, con muchos lados? ¿Había algo en ese cuarto que estuviera de acuerdo con esa descripción?... Al mismo tiempo ambos entraron en acción.

No había tiempo que perder. Frenéticamente revisaron el cuarto. *Tenía* que estar allí. Pero no encontraron nada. Casi desesperada Sally alzó una caja marrón de seis lados y levantó la tapa.

Enseguida, los espectrales sonidos de un instrumento de cuerda llenaron la habitación. Era algo que ni Ant ni Sally habían oído antes. Dentro de la caja figuras con cara triste giraban y saltaban al compás de la fúnebre música.

Ant y Sally estaban hipnotizados. Y entonces una débil voz susurró, "Es un truco. No escuchen la música".

Ant parpadeó. Algo centelló dentro de la caja. Y allí, inteligentemente escondida estaba "la llave del tiempo".

Ahora ustedes deben buscar el escondite.
Estas líneas deberán dar la respuesta.
Busca al cortesano que nunca
dará un paso, aunque sea bailarín.

Allí vestido en secreto de terciopelo
descansa, oculta de toda vista
una preciosa piedra, cuyos colores esconden
actos más oscuros que la noche.

Ant tomó la llave. ¿Qué abría? ¡Por supuesto! Corrió hacia el reloj. Vacilando empujó la llave dentro de la cerradura y la hizo girar. La puerta se abrió. Dentro, el péndulo se balanceaba de lado a lado. Y ellos pudieron ver escondido, el borde de otro trozo de papel.

Sally lo arrancó. Era el resto del acertijo. Estaban intrigados acerca de las misteriosas líneas cuando oyeron una débil voz urgiéndolos. "¡Aquí! ¡Aquí!."

¡BANG! La puerta del reloj se cerró de golpe. Las luces comenzaron a vacilar. Y entonces un ruido agudo y siseante, como una furiosa aspiración, hizo eco alrededor del cuarto. Pero sobre el ruido todavía oían la débil voz llamándolos. Ant y Sally se volvieron hacia la voz. Inmediatamente Ant divisó algo. "¡Mira. El cortesano!" dijo ansioso.

Ant levantó la estatua de la cómoda. La dio vueltas y vueltas en sus manos. ¿Pero dónde estaba la Piedra? No parecía posible que contuviera un escondite.

¡UUUUU! Una violenta ráfaga de aire helado barrió la estatua de sus manos. Cayó al suelo y se partió en dos. Había algo oculto adentro...

Sobresaliendo entre las dos mitades rotas había una bolsa de terciopelo azul oscuro. Sally la tomó y temblorosa desató el nudo.

Sus dedos escarbaron dentro de la bolsa. Ella tocó algo. Algo tan frío como el mármol y tan suave como la seda. Con manos tembleques lo sacó de la bolsa.

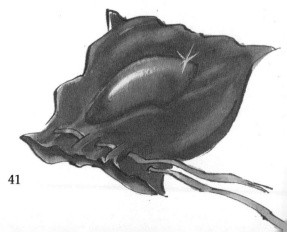

41

Reina el caos

Encontraron al fin la Piedra Medianoche. Estaban maravillados ante su fascinante belleza. Luces brillantes en tonos azules surgían de su suave superficie. ¿Pero podrían ellos devolver la Piedra a su apropiado lugar de descanso antes del último toque de medianoche? Sólo quedaban cinco minutos.

"Síganme" dijo Sally. Apretando la preciosa piedra ella corrió hacia el hall. Allí, apoyada a lo alto de la pared estaba la reliquia.

No quedaban esperanzas. Los dedos de Sally sólo alcanzaban hasta unos pocos centímetros de la reliquia. Pero llegó ayuda. En ese momento el profesor bajó las escaleras. Ansiosamente Sally le entregó la Piedra. Sonriendo él la tomó. Entonces comenzó el caos.

¡Crrrang! Un espejo voló desde la pared y se estrelló contra el piso. Ranura comenzó a maullar. Un fuerte viento silbó en el *hall*, circuló y giró alrededor del profesor con ráfagas violentas, haciéndolo dar vueltas como un imponente trompo.

El ruido era ensordecedor. Y además Sally creyó oír un débil llanto fantasmal. ¿Pero era un llanto de triunfo o enojo?

El vendaval rugía alrededor del *hall* como una loca bestia salvaje. Afuera, una ramificación de rayos pasaron velozmente por la ventana. Oyeron un ruido terriblemente fuerte. Un viejísimo roble, centinela parado durante los siglos pasados, había caído al suelo.

¡DONG! Lejos, en el cuarto secreto el reloj comenzó a sonar. Y con la duodécima campanada, la vieja maldición cobraría otra víctima...

De repente, una sombra oscura se asomó hacia Ant, Sally y el profesor. Ellos se agazaparon horrorizados. Una siniestra figura que ellos reconocieron demasiado bien se acercaba cada vez más con los brazos extendidos para agarrar la Piedra.

Una triste historia

C on un rápido movimiento el ama de llaves arrancó la Piedra de las manos del profesor y la repuso en la reliquia. Justo entonces el reloj dio la última campanada de medianoche.

"¡No-o-o!" Un fantasmal grito de desesperación invadió la habitación. Todos quedaron inmóviles, helados hasta los huesos por el extraterrenal grito que rebotaba de pared a pared. Después, los angustiosos ecos desaparecieron y todo quedó en silencio.

Ant y Sally temblaron. Una débil y susurreante voz, una voz que ambos habían oído antes comenzó a emitir un eco a través de las paredes del *hall*. "¡Al fin, al fin, al fin!" La débil voz susurró triunfalmente antes de apagarse completamente.

Durante un momento todos quedaron muy atontados, demasiado, para hablar o moverse... o casi todos.

¡Párenlo! ¡Él es un villano y un impostor!

Qué pasó después...

El ama de llaves sonrió. "Mi nombre es Marcia Medianoche" comenzó. "Mi padre era Mauricio, el desheredado hermano gemelo del duodécimo Lord Medianoche."

"Cuando mi padre fue echado, acusado de robar la Piedra, se fue a Mythika" continuó. "Consiguió trabajo allí como salvavidas. Y así conoció a mi madre. Él la salvó cuando un erizo de mar perforó su salvavidas. Se casaron dos semanas después. Un año después nací yo. Fui su única hija."

Marcia Medianoche buscó en su delantal y orgullosamente mostró una foto enmarcada.

"Mi padre nunca habló del pasado" prosiguió. "Hasta que justo antes de morir me habló de sus sospechas de la traición de su hermano. Yo prometí encontrar las pruebas que limpiaran el nombre de mi padre. Vi el aviso solicitando un ama de llaves. Parecía el perfecto encubrimiento para poder investigar. Eso fue hace cinco meses."

Dígame señora Barre, ¿tiene usted mucha experiencia en lustre francés?

"Pronto me di cuenta de que algún extraño hechizo afectaba a las personas de la casa. De repente encontré algunos papeles que mostraban que alguien estaba robando a cada uno de los residentes. ¿Pero quién? El bandido había cubierto bien sus huellas."

Marcia Medianoche se recostó agotada, luego continuó. "¿Había, me preguntaba, alguna conexión entre el hechizo y el fraude?"

"Cuando llegaron ustedes dos los puse en el cuarto que el duodécimo Lord Medianoche y mi padre compartieron de pequeños y fue entonces cuando raras cosas empezaron a suceder. Desde ese momento yo seguí todos sus movimientos. El diario que encontraron aclaró el nombre de mi padre. Pero no era el momento de revelar la verdad. ¡Había que encontrar la Piedra! Y entonces el profesor cometió su error fatal..."

¡Una capa!

¡El extraño encapuchado!

Marcia Medianoche pasó sobre sus ojos un fino pañuelo de lino, luego volvió a hablar. Ahora mi padre está en paz, gracias a ustedes. Sé que hubiera querido que ustedes tuvieran esto.

Y entregó un voluminoso paquete a Ant y Sally. "Era su prenda favorita" dijo con una pequeña y misteriosa sonrisa...

46

Al día siguiente Ant y Sally se despertaron tarde. Se vistieron rápidamente y bajaron las escaleras. Max estaba sólo en el comedor, sentado frente a una enorme mesa ovalada. "Buen día" dijo. "Vengan y tomen su desayuno."

Ant y Sally se sentaron y miraron boquiabiertos la transformación a su alrededor. Las comidas peculiares de los últimos días habían desaparecido. Sobre la mesa había jugos, tostadas, frutas, cereales... Y Max masticaba una medialuna como si los siniestros y extraños sucesos de los días anteriores nunca hubieran tenido lugar.

"¿Todo ha vuelto a la normalidad?" preguntó Ant. Pero Max solo lo miró impávido.

Y con cualquiera que hablaran era la misma historia. Nadie parecía saber de qué estaban ellos hablando. Posy Tutú volvió a la barra, el primo Mervin hacía el balance de sus libros. Todos actuaban como si nada hubiera pasado. Parecían no recordar nada en absoluto.

Ant y Sally se miraron confundidos. ¿Habría sido un sueño?

Marcia Medianoche apareció y les dijo haciéndoles señas "Síganme."

Los guió hasta el cuarto secreto. Pero ahora la puerta estaba lustrada. Una llave brillante sonó en la cerradura. Adentro, la ventana había sido reemplazada. Rayos de luz brillaban en los muebles de lustre resplandeciente. El lugar lucía impecable.

"Hay algo que creo que les gustaría ver" dijo Marcia Medianoche. Y otra vez ella sonrió...

¿Lo has visto?

Puedes usar esta página para encontrar cosas que pueden ser útiles para resolver el misterio. Primero hay claves y pistas que encontrarás mientras lees. Ellas te darán una idea sobre lo que debes buscar. Además hay notas extras que puedes leer después para comprobar si te perdiste algún detalle.

Indicaciones y pistas

3 La carta puede no tener sentido ahora, pero quién sabe, puede ser útil más tarde.

6-7 Un extraño encapotado. ¿Reaparecerá?

8-9 Vale la pena recordar algunas cosas del hall. Escucha ese reloj. Puede sonar otra vez... ¿pero qué hora?

10-11 ¿Estás viendo doble en el cuarto? ¿Estás seguro de que no hace mucho que sonó el reloj? ¿Notaste qué fuerte suena?

12-13 ¿Son todos banqueros? Es un montón de dinero lo que uno de ellos colocó en su bolsillo.

14-15 ¿Es realmente medianoche? ¿Miraste el libro y el espejo?

16-17 Estas horas y fechas pueden ser útiles. Mantén los ojos abiertos ante rostros familiares.

18-19 ¿Hay otro madrugador en la casa? Los de la villa parecen preocupados por la hora.

20-21 ¿Qué es lo que tanto desea conservar Lord Medianoche? ¿Leíste sus últimas palabras, cuidadosamente? ¿Notaste la hora?

22-23 ¿Reconociste algo en el libro? Cyanozine, una palabra para recordar.

24-25 Así que fue Lord Medianoche quien llamó a Smug. ¿Hay algún espía cerca? Frank tiene dudas sobre la evidencia. Observa bien al feliz grupo familiar mirando a Smug retirándose.

26-27 Un cuarto secreto. ¿Pero dónde? ¿Tiene razón Ant en sentirse obsesionado? El hombre encapotado conocía muy bien el lago.

28-29 ¿Encontraste la nueva obra con ladrillos? ¿Miraste la ventana a su lado? ¿Notaste la gárgola cayéndose?

30-31 Vale la pena estudiar el retrato. El mensaje de la radio contiene buenos consejos.

32-33 Girando la cacerola tiene bastante audiencia.

34-35 Parece haber mucha información útil e inútil aquí. ¿Puedes separarlas? Busca pistas para la Piedra.

36-37 ¿Está el ama de llaves sola en el corredor?

38-39 Un misterioso leñador y una rama que casi los aplasta... recuerda la advertencia de la radio. ¿Reconoces la escritura?

40-41 Un músico puede ayudarte a encontrar la llave.

42-43 ¡Qué extraño! El profesor de repente no necesita de su trompeta para oír.

A propósito...

Notaste:

... el reloj dio las doce y el aire se volvió helado antes de que comenzara la actividad fantasmal.

... ¿los poderes fantasmales de Mauricio Medianoche se volvían más fuertes al acercarse la hora de la maldición?

... ¿el endiablado fantasma del duodécimo Lord Medianoche aparece cuando Ant y Sally se acercan a la Piedra?

... el físico cuántico Guy Ffoulkes (SORPRESAS del domingo) abrió una pescadería en Media-Noche en el Mar ¿qué fantasma vio, según tus presunciones?

... la actriz de Hollywood Faye Slift y su fiel perro Tabla Batiente (SORPRESAS del domingo) aparecen en el tren en el pueblo, en el parque y en el café.

... ¿hay noticias de Tuffaware All-Wheather-Anorake (ex-empleado Smug, pág. 34) en SORPRESAS del domingo?

... la invitación a la boda de Polly Tacks (pág. 35). Ella será la concejal Polly Bellowes. (SORPRESAS del domingo).

Más acerca de la familia Medianoche

¿Averiguaste quién es quién? (Si no vuelve a leer las páginas 10, 12 y 16). Sentados alrededor de la mesa, en el sentido de las agujas del reloj (pág. 12), comenzando con Sally, están: Posy Tutú, Justo Chuckle, Mervin Medianoche, Mirta y Harry, Merle, el profesor.

Quizás quieras saber cómo Mirta y Harry fueron víctimas de la antigua maldición. Hace muchos años, mientras bailaban un vals militar en su fiesta de bodas una araña se descolgó y cayó sobre la pareja nupcial justo a medianoche. Merle fue su víctima más reciente. Hace dos años tropezó con los hilos de una enorme telaraña y rodó por las escaleras, también a medianoche.

Acerca de los retratos en la pág. 10: Modestia está casada con Justo (ella estaba afuera, siguiendo un curso de diseño de disfraces, desde el 11 al 13 de noviembre). El hombre con traje de excursión es Milo, que patentó la primera máquina de escribir para usar la escritura Mythikan. John es el jefe de fotógrafos de la corte Mythikan y muy querido por las damas de sociedad.

Incidentalmente, la villa de la familia está en Tiktoki, un pequeño pueblo en la costa de Mythikan. ¿Notaste la influencia Mythikan en el cuarto secreto?

Se terminó de imprimir en el mes de febrero de 1996 en el Establecimiento Gráfico LIBRIS S.R.L.
MENDOZA 1523 (1824) • LANÚS OESTE • BUENOS AIRES • REPÚBLICA ARGENTINA